El Senado

¿Cómo se construyen las carreteras? ¿De dónde vienen las **leyes**? ¿Quién dirige al ejército? El gobierno estadounidense influye en estos y muchos otros aspectos de la vida de los Estados Unidos de Norteamérica. Un gobierno es un grupo de funcionarios que toman decisiones en nombre de otra gente. La forma de gobierno estadounidense es una democracia. Esto significa que el pueblo elige a sus funcionarios. Los senadores son funcionarios elegidos que forman parte del poder legislativo del gobierno estadounidense.

El gobierno de EE.UU. tiene tres poderes. El poder ejecutivo está compuesto por el presidente, el **Gabinete** y diferentes organismos gubernamentales. El poder judicial está compuesto por los tribunales del país. La Corte Suprema es un tribunal con poder sobre todos los demás tribunales del país. Los miembros del poder ejecutivo implementan las leyes. Los miembros del poder judicial las hacen cumplir. Sus fallos se basan en la **Constitución** de EE.UU.

Los miembros del poder legislativo sancionan las leyes. El poder legislativo está compuesto por las dos partes del Congreso: el Senado y la Cámara de Representantes.

▶ Washington, D.C. es la capital de los Estados Unidos. Los miembros del Senado, la Cámara de Representantes y sus respectivos equipos trabajan la mayor parte del tiempo en los edificios de oficinas parlamentarias que rodean al Capitolio.

Emblemas del gobierno estadounidense

El Congreso se reúne en el Capitolio. Contando la estatua de la punta, este edificio tiene **una altura** de **288 pies**.

El presidente trabaja y vive en la Casa Blanca. El Comedor del Estado de la Casa Blanca tiene espacio suficiente para **140 invitados**.

La Biblioteca de la Corte Suprema tiene más de **500.000 libros**.

Los poderes del gobierno estadounidense

▲ Cuando muere un senador conocido, a veces se lleva el féretro a la cámara del Senado para que los actuales senadores puedan rendirle homenaje.

◀ Thomas Jefferson fue el segundo vicepresidente de los Estados Unidos. Escribió un manual sobre las tareas del vicepresidente en el Senado que todavía hoy se sigue utilizando.

▲ Los miembros del Congreso suelen hacer conferencias de prensa en las escalinatas del Capitolio, donde se reúnen senadores y representantes para demostrar su apoyo.

◀ El Artículo I de la Constitución de EE.UU. describe el rol del Congreso estadounidense.

¿Cuál es el rol del Senado?

El trabajo más importante del Congreso es hacer leyes, o legislar. Los senadores discuten sobre los proyectos de ley, que son leyes que se proponen. Estas discusiones se llaman debates. Los senadores pueden hacer preguntas y expresar su opinión sobre los proyectos. Piensan cómo ese proyecto de ley podría afectar al país si se convirtiera en ley. Los senadores pueden poner obstáculos dando largos discursos con el fin de dilatar o bloquear la votación de un proyecto. La única forma de poner fin a estos debates es a través de un proceso llamado clausura, que requiere del voto mayoritario de las tres quintas partes del Senado, o 60 senadores.

Además de hacer leyes, las dos cámaras del Congreso tienen otras tareas exclusivas. La Cámara puede iniciar un **juicio político** a un funcionario federal por mal desempeño de su cargo. Luego, el Senado lleva a cabo el juicio y actúa como jurado. Se necesita el voto de dos tercios del Senado para destituir a un funcionario de su cargo.

El Senado se encarga de ratificar, o aprobar, los tratados con otros países. Un tratado es un tipo de acuerdo. Los senadores también aprueban o rechazan las designaciones presidenciales importantes, como las de los miembros del Gabinete y los **embajadores** estadounidenses en el exterior. El Senado también lleva a cabo investigaciones. Por ejemplo, ha investigado el crimen organizado y la Guerra de Vietnam.

EN FOCO

Las comisiones. En el Senado, los proyectos de ley se envían a comisiones para su estudio. Cada comisión está formada por un grupo de senadores dedicados al tema. Hay comisiones de agricultura, fuerzas armadas, educación, energía, relaciones exteriores, transporte, asuntos de veteranos y otros temas. Después de que la comisión evalúa el proyecto y realiza cambios, lo presenta al resto del Senado.

La historia del Senado

Estados Unidos se estableció en 1776, pero antes, los líderes de las colonias que formaron la nación ya se reunían como un grupo llamado Congreso Continental, que gobernaba desde Filadelfia, Pensilvania, durante la Revolución Americana.

En 1787, los líderes de Estados Unidos votaron para cambiar la organización del gobierno y establecieron una legislatura dividida en dos cámaras. Las primeras reuniones del Congreso se realizaron en la ciudad de Nueva York en 1789. En ese momento, el Senado estaba compuesto por 26 senadores que representaban a los 13 estados originales. Cada vez que se creaba un nuevo estado, se agregaban dos senadores más al Senado.

El Senado suele participar en decisiones importantes, como la declaración de una guerra o la firma de la paz. El presidente Woodrow Wilson pidió al Congreso participar en la Primera Guerra Mundial. El presidente Franklin D. Roosevelt sostuvo que Estados Unidos debía ingresar a la Segunda Guerra Mundial en 1941, y el Congreso estuvo de acuerdo. Al término de la Segunda Guerra Mundial, el Senado ratificó la Carta de las Naciones Unidas (ONU). La ONU es un grupo de países que trabajan juntos para resolver cuestiones que afectan al mundo.

▶ El Senado acordó el Compromiso de Missouri en 1820, un intento por regular la esclavitud y mantener equilibrado el poder entre los estados del norte y los estados del sur. El compromiso falló y en 1861 comenzó la Guerra Civil.

Datos sobre el Senado

Strom Thurmond, de Carolina del Sur, tenía **100 años** cuando se retiró del Senado en 2002.

El sello del Senado tiene **13 estrellas** en la parte superior y **13 franjas** en la parte inferior.

El récord de mayor cantidad de mujeres senadoras al mismo tiempo es **21**.

El Senado a lo largo DEL TIEMPO

1850 **Daniel Webster pide al Senado hacer un trato con respecto a la esclavitud.**

Webster era senador por Massachusetts. El 7 de marzo, dijo en un discurso que los estados con esclavos tenían derecho a conservarlos pero que no debería haber esclavitud en los estados nuevos. Su compromiso enojó a las dos partes del conflicto. Al poco tiempo, abandonó el Senado para formar parte del Gabinete.

1868 **El Senado dirige el juicio político al presidente Andrew Johnson.**

Johnson y el Congreso tenían desacuerdos después de la Guerra Civil. Johnson **vetaba** muchos de los proyectos de ley que recibía. Muchos miembros del Congreso creían que no estaba desempeñando su cargo de presidente correctamente. El Senado votó por la destitución de Johnson, y obtuvo 35 votos a favor y 19 en contra. Por un voto, no se llegó a los dos tercios necesarios, por lo que Johnson continuó en su cargo.

1919 **El Senado rechaza el Tratado de Versalles.**

El presidente Woodrow Wilson fue uno de los líderes mundiales que redactó este tratado al término de la Primera Guerra Mundial. Se aseguró de que el acuerdo incluyera la creación de una Liga de las Naciones para mantener la paz. Cuando Wilson presentó el tratado al Senado, se encontró con una gran oposición. Muchos senadores pensaban que hacer un acuerdo para aliarse con tantos otros países generaría más guerras. El Senado lo rechazó.

1922 **Rebecca Latimer Felton, de Georgia, se convierte en la primera mujer senadora.**

El Senado ha tenido un rol significativo en algunas de las decisiones más importantes tomadas por el gobierno estadounidense. Los senadores de EE.UU. consideraron destituir al presidente de su cargo en dos oportunidades. Además, en el recinto del Senado se pronunciaron algunos de los discursos más memorables de la historia del país.

1941 **El primer ministro británico Winston Churchill habla frente al Congreso.**

Churchill dio un discurso al Congreso tres semanas después de que Estados Unidos ingresara a la Segunda Guerra Mundial. Instó al Congreso a que apoyara al presidente Franklin D. Roosevelt en los difíciles momentos que se aproximaban. Su discurso fortaleció los vínculos entre Estados Unidos y Gran Bretaña. Los dos países y sus aliados terminaron ganando la guerra.

1964 **La Cámara y el Senado sancionan la Ley de Derechos Civiles.**

En febrero, la Cámara aprobó un proyecto de ley que prohibía la discriminación. Discriminar significa tratar diferente a la gente por alguna diferencia, como su raza. Los senadores que se oponían al proyecto lo dilataron durante 60 días. Lo volvieron a redactar, lo debatieron y lo aprobaron. Finalmente, el 2 de julio, el presidente Lyndon B. Johnson promulgó la Ley de Derechos Civiles.

1966 **Edward Brooke, de Massachusetts, es el primer senador afro-americano elegido por el voto popular.**

1995 **El Senado lanza su primera página de internet.**

2015 **El Congreso sanciona la Ley Cada Estudiante Triunfa.**

Esta ley reemplazó a la Ley Que Ningún Niño se Quede Atrás de 2001. La Ley Cada Estudiante Triunfa otorga a los estados más poder sobre sus escuelas, como la posibilidad de decidir cuánta importancia darle a las evaluaciones federales obligatorias. Los demócratas y los republicanos trabajaron juntos en este proyecto de ley. El Senado votó 85-12 a favor del proyecto y el presidente Barack Obama lo promulgó el 10 de diciembre.

El recinto del Senado

La sala donde se reúne el Senado también se llama recinto del Senado. El Senado se ha reunido allí desde enero de 1859. El recinto fue diseñado por Thomas Ustick Walter, el arquitecto del Capitolio. Desde 1949 hasta 1950, se hicieron reformas en el recinto del Senado para mejorar su iluminación, ventilación y calidad sonora.

▼ Los senadores se reunieron por primera vez en el Viejo Recinto del Senado, que también se encuentra dentro del Capitolio. Hoy, esta sala es un museo y también se usa para ceremonias.

Una mirada detallada

El recinto del Senado es una sala rectangular de dos pisos. Se encuentra en el ala norte del Capitolio, en el segundo piso. La sala no tiene ventanas. El techo es de acero inoxidable y yeso.

1 LOS ESCRITORIOS DE LOS SENADORES

El recinto del Senado tiene 100 escritorios, uno para cada senador. Los demócratas se sientan de un lado de la sala y los republicanos del otro. Los escritorios están colocados en semicírculo mirando hacia la plataforma del centro. Los senadores suelen elegir su escritorio de acuerdo a su antigüedad en el Senado. Muchos firman su nombre en el cajón de su escritorio.

2 EL ESTRADO CENTRAL

La plataforma del centro se llama estrado central. Allí se sienta la persona que dirige las sesiones y otras personas con funciones especiales. Por ejemplo, allí se sienta la persona encargada del libro de actas, un registro de lo que ocurre en las sesiones. También se sienta el parlamentario. Esta persona conoce todas las reglas para conducir las sesiones, como la forma correcta de hablar por turnos.

3 LA GALERÍA

La galería es donde se sientan las personas que van a presenciar las sesiones del Senado. La galería se encuentra sobre el piso principal, a los cuatro lados de la sala. Para ingresar a la galería, se necesita un pase, que se puede solicitar en las oficinas de los senadores. También se puede hacer un recorrido por otras partes del Capitolio.

4 LA GALERÍA DE PRENSA

La galería de prensa es una parte de la galería común. Allí se sientan periodistas de medios gráficos, televisivos e informáticos y toman nota de lo que ocurre en las sesiones del Senado para poder informar a la gente. También pueden entrevistar a los senadores directamente en los pasillos del Capitolio.

Reuniones de la comisión

Viajes al exterior

Reuniones con los electores

Los senadores en cifras

Para ser senador, una persona debe ser **mayor de 30 años,** ser residente legal del estado y tener **más de nueve años** de ciudadanía estadounidense.

Los senadores

Los senadores tienen una agenda muy ocupada. Pasan la mayor parte del tiempo con la gente. Muchos de los días, se reúnen con los demás senadores en el recinto. También se reúnen con otros funcionarios, como jueces y representantes de la Cámara.

Cada senador es miembro de una o más comisiones del Senado. En las comisiones, puede haber demócratas y republicanos trabajando juntos. También hay comisiones conjuntas, donde se reúnen miembros de la Cámara y el Senado.

Los senadores pueden reunirse con **lobistas** y **grupos de presión** para interiorizarse sobre sus asuntos particulares. Luego, los senadores comparten la información con los demás senadores. También es importante que los senadores hablen con sus electores, las personas que los votaron. Los senadores son los encargados de expresar las opiniones de los electores, porque ellos los eligieron para que los representen.

Los senadores tienen oficinas tanto en Washington, D.C. como en sus estados de residencia. Tienen equipos en ambos lugares que los ayudan con su trabajo. Los senadores viajan por todo el país y el mundo. A veces, visitan países extranjeros para tratar temas relacionados con los derechos humanos o el comercio internacional.

El mandato de los senadores dura **seis años,** pero pueden ser reelegidos una cantidad **ilimitada** de veces.

Un tercio del Senado se renueva cada **dos años.**

Roles importantes

En el Senado, hay varios cargos específicos. Los senadores eligen a un presidente provisorio que dirige al Senado ante la ausencia del vicepresidente. El presidente provisorio suele ser el miembro más antiguo del partido que tiene la mayor cantidad de bancas en el Senado.

Los miembros del partido político con la mayor cantidad de bancas también eligen al líder mayoritario del Senado, quien se desempeña como vocero dentro del recinto. El líder mayoritario es también el vocero de todo el Senado cuando trabajan con otras ramas del gobierno.

El líder minoritario es elegido por los senadores del partido político con menos bancas. Esta persona representa a su partido en el recinto. El líder minoritario es también el vocero de la postura oficial de su partido con respecto a los proyectos de ley.

Además, el Senado tiene varios otros funcionarios. El secretario del Senado toma notas, maneja a los miembros del personal novatos y lleva los registros públicos. El parlamentario asesora sobre las reglas y procedimientos del Senado. El macero hace cumplir estas reglas.

EN FOCO

Los jefes de bancada. Ambos partidos políticos tienen jefes de bancada, quienes manejan los votos de los miembros del partido. Los jefes de bancada se aseguran de que los senadores estén preparados para votar los proyectos. Estos funcionarios también mantienen a los miembros informados sobre lo que ocurre en el recinto.

▲ El senador Angus King, Jr., de Maine, es independiente. Esto significa que no está afiliado ni al partido republicano ni al demócrata.

◀ El senador Harry Reid, de Nevada, fue uno de los líderes partidarios del Senado que desempeñó su cargo por más tiempo. Tuvo 10 años de mandato, tanto como líder mayoritario como minoritario.

¿CÓMO SE SANCIONA UNA LEY?

1 Presentación en el Senado

Un miembro del Senado presenta un proyecto de ley. El proyecto se imprime en una publicación oficial llamada *Registro del Senado* y se le asigna un número. El senador que lo presentó es el patrocinador del proyecto.

2 Tratamiento en comisión

El proyecto de ley es enviado a una comisión del Senado. Los miembros de la comisión estudian cada detalle del proyecto. Pueden hacer cambios o decidir no promoverlo. Después de modificarlo, la comisión lo vota. Si la mayoría de los miembros de la comisión lo aprueba, el proyecto se envía nuevamente al Senado.

3 Debates de los senadores

El proyecto se coloca en la agenda del día del Senado y lo senadores lo debaten. Discuten sobre las diferentes partes del proyecto y sugieren enmiendas. Cada modificación se vota por separado antes de incorporarla al proyecto.

En cualquiera de las dos cámaras del Congreso se pueden presentar proyectos de ley sobre la mayoría de los temas. Los proyectos se tratan durante cada sesión, que es cuando se reúnen los miembros del Congreso en forma habitual. Se deben seguir varios pasos para que un proyecto se convierta en ley. Pueden haber reuniones de las comisiones, debates y enmiendas antes de que el proyecto se envíe al presidente.

4 El Senado vota

El Senado vota el proyecto al término de los debates. Si lo aprueba, el proyecto es enviado a la Cámara de Representantes.

5 La tarea de la Cámara de Representantes

La Cámara puede aprobar, rechazar o enmendar el proyecto de ley. Si la Cámara quiere enmendar el proyecto, se reúne una comisión conjunta, con miembros de la Cámara y del Senado, para discutir los cambios. Después de llegar a un acuerdo, tanto la Cámara como el Senado vuelven a votar.

6 La tarea del presidente

Si ambas cámaras lo aprueban, el proyecto se envía al presidente. Si el presidente está de acuerdo con el proyecto, puede promulgarlo y convertirlo en ley. Si no está de acuerdo, puede vetarlo. El Congreso puede anular un veto presidencial con el voto mayoritario de dos tercios de la Cámara y el Senado.

SENADORES DESTACADOS

1 Robert La Follette

Mandato: 1906-1925

Robert La Follette, de Wisconsin, fue miembro de la Cámara de Representantes de EE.UU. y gobernador de su estado antes de ser senador. Como senador, La Follette trabajó para ayudar a la gente más que a las empresas y los bancos. En 1983, se le dio su nombre a la Facultad de Asuntos Públicos La Follette, de la Universidad de Wisconsin-Madison.

2 Arthur Vandenberg

Mandato: 1928-1951

Arthur Vandenberg, de Michigan, pronunció el "discurso que se escuchó en todo el mundo" en 1945. Él se había opuesto a la participación de EE.UU. en los asuntos extranjeros antes de la Segunda Guerra Mundial, pero en este discurso declaró que era importante que los Estados Unidos tuvieran un papel activo en el mundo. La escuela primaria Arthur H. Vandenberg de Redford, Michigan, lleva su nombre.

3 Hattie Caraway

Mandato: 1931-1944

Hattie Caraway, de Arkansas, fue nombrada senadora después del fallecimiento de su esposo, que también era senador. En enero de 1932, ganó una elección especial y se convirtió en la primera mujer senadora. Además, Caraway fue la primera mujer que presidió una comisión del Senado. Su tumba, en Jonesboro, Arkansas, se encuentra en el Registro Nacional de Lugares Históricos.

4 Robert Taft

Mandato: 1939-1953

Robert Taft, de Ohio, fue llamado el "Sr. Republicano" porque ayudó a reconstruir el partido. Era el hijo del presidente William Howard Taft y él también quería llegar a presidente. Se postuló como presidente en 1948 y 1952 pero no tuvo éxito. Desde 1959, la Torre del Campanario Taft lleva su nombre. Este monumento se encuentra cerca del Capitolio, en Washington, D.C.

5 Edward Kennedy

Mandato: 1962-2009

Edward Kennedy, de Massachusetts, era el hermano menor del presidente John F. Kennedy y del senador Robert Kennedy. Fue elegido senador cuando tenía solo 30 años. Fue el autor de más de 2.500 proyectos de ley. Cientos de ellos se convirtieron en leyes. El Instituto Edward M. Kennedy de Boston, Massachusetts, enseña al público el importante rol del Senado.

Muchos senadores han tenido un rol destacado en la historia de los Estados Unidos. Han cambiado la forma en que Estados Unidos interactúa con el mundo. Todos los senadores tienen causas que son importante para ellos.

De cara al futuro

El Senado es una parte clave del gobierno estadounidense, aunque algunos piensan que los senadores están muy divididos. Algunos votantes creen que muchos senadores toman decisiones según la opinión de sus partidos políticos en lugar de aplicar su propio criterio.

Los senadores también son los encargados de confirmar, o aprobar, los nombramientos del gobierno. Se supone que los senadores deberían considerar las **nominaciones** en forma equitativa, pero no siempre es así. Por ejemplo, un senador demócrata puede rechazar a un embajador nombrado por un presidente republicano porque el candidato representa a un partido político diferente. Si bien esto puede frenar el trabajo del gobierno, el proceso es importante para el sistema de controles y balances.

Las **campañas** también pueden ser un problema. Los senadores pasan mucho tiempo recaudando dinero para la campaña de su próxima elección. Esto significa que le dedican menos tiempo a trabajar en las leyes, que es el trabajo para el que se los elige. El dinero de las campañas suele ser aportado por grupos de presión que quieren que los senadores voten a su favor. Algunos creen que esto no es justo y que tiene un impacto negativo en las leyes. Otros creen que es simplemente una forma de que el gobierno los escuche.

EN FOCO

El Senado en línea. Gracias a la tecnología, la gente puede saber qué proyectos se están tratando en el Congreso. Antes de la llegada de Internet, había que enterarse por los diarios o la radio. Hoy, hay un sitio web que permite buscar diferentes proyectos de ley y seguir su progreso en el Congreso.

▲ Los senadores suelen dar conferencias de prensa para mantener a los periodistas informados sobre el trabajo del Senado.

◀ Las campañas electorales le quitan mucho tiempo a los senadores. El candidato a senador tiene que asistir a reuniones, cenas, convocatorias y otros eventos para juntarse con la gente de su estado y hablar sobre sus objetivos.

NOSOTROS, EL PUEBLO

Objetivos: Analizar y reflexionar sobre las facultades del Congreso

Contexto: La Constitución original de EE.UU. se firmó en 1787. Comienza con una introducción llamada Preámbulo. El resto del documento está dividido en artículos. Hay siete artículos en total. En los años posteriores a su firma, los líderes del país hicieron una serie de cambios en el documento original. A los artículos originales se les agregó una serie de enmiendas. En total, hay 27 enmiendas. Los académicos tardan años en estudiar y entender por completo la Constitución, que es la ley del territorio de los Estados Unidos, pero una forma de empezar es pensar en las leyes que establece. Simplemente, sigue estos pasos:

1. Junto a un compañero o grupo reducido respondan la pregunta "¿Cuál es la facultad más interesante que tiene el Congreso?" Expresen sus ideas y anótenlas.
2. Lean la Sección 8 del Artículo I juntos. Comienza así: "El Congreso tendrá la facultad de..." Tomen nota de los puntos más importantes.
3. Hablen sobre las tareas principales del Congreso. Busquen los detalles en la Constitución.
4. Escriban un párrafo sobre este tema. Redacten una oración temática, o primera oración, respondiendo la misma pregunta: "¿Cuál es la facultad más interesante que tiene el Congreso?"

CUESTIONARIO

1 ¿En cuántos poderes se divide el gobierno estadounidense?

2 ¿Cuántos senadores hay por cada estado?

3 ¿Qué presidente pidió al Congreso que declarara la guerra en 1917?

4 ¿Qué tratado rechazó el Senado en 1919?

5 ¿Qué suelen hacer los senadores con los cajones de sus escritorios?

6 ¿Dónde se sientan los periodistas en el recinto del Senado?

7 ¿Cómo se llama una comisión formada por miembros del Senado y de la Cámara de Representantes?

8 ¿Quién preside el Senado cuando no está el vicepresidente?

9 ¿Cómo se llamó a Robert Taft por haber ayudado a reconstruir su partido político?

10 ¿Dónde se encuentra el Instituto Edward M. Kennedy?

RESPUESTAS: 1. Tres **2.** Dos **3.** Woodrow Wilson **4.** El Tratado de Versalles **5.** Firmar su nombre en ellos **6.** La galería de prensa **7.** A Una comisión conjunta **8.** Presidente provisorio **9.** Sr. Republicano **10.** Boston, Massachusetts

Palabras clave

campañas: serie de actividades que se realizan para alcanzar un objetivo en particular, como ser elegido para un cargo

constitución: documento que define y limita los poderes de un gobierno y describe su organización

embajadores: personas que representan al gobierno de su país en otro país

enmienda: propuesta para cambiar el texto de un proyecto de ley o un documento, como la Constitución

Gabinete: grupo de personas, muchas de ellas a cargo de los departamentos gubernamentales, que asesoran al presidente

grupos de presión: grupos que intentan influir en las políticas del gobierno con el fin de obtener una ventaja para su propio beneficio

juicio político: procedimiento formal en el que se presentan cargos contra un funcionario público con el fin de removerlo de su cargo

leyes: proyectos de ley que han sido sancionados por ambas cámaras del Congreso y promulgados por el presidente, o se han convertido en leyes de otra forma

lobistas: gente contratada por los grupos de presión para tratar de persuadir o influir en los funcionarios del gobierno

nominaciones: designaciones de personas para ocupar cargos políticos o ser candidatos para un cargo

partidos políticos: grupos de personas con opiniones similares que trabajan juntas para ganar las elecciones

vetaba: impedía que un proyecto se convirtiera en ley

Índice

LIGHTBOX

RECURSOS COMPLEMENTARIOS

Haga clic en el signo ⊕ que se encuentra en la esquina inferior izquierda de cada hoja para abrir más recursos para docentes.

- Descargue e imprima los cuestionarios y actividades del libro
- Acceda a las correlaciones curriculares
- Explore otras aplicaciones web que optimizan la experiencia de Lightbox

TÍTULOS DIGITALES DE LIGHTBOX

Incluyen un paquete completo de medios integrados

VIDEOS

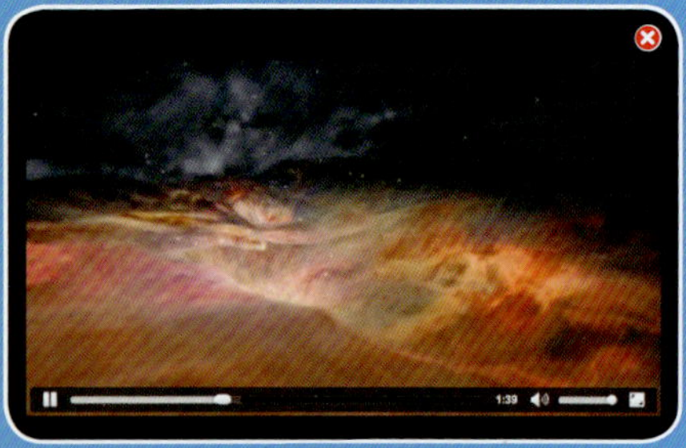

MAPAS INTERACTIVOS

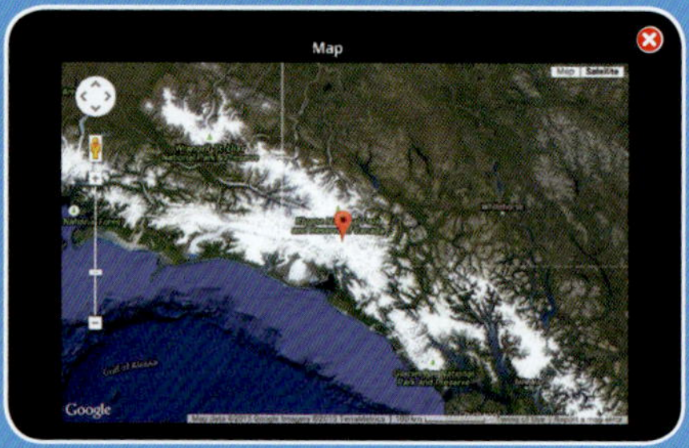

ENLACES WEB

PRESENTACIONES EN DIAPOSITIVAS

CUESTIONARIOS

OPTIMIZADO PARA

- ✓ TABLETAS
- ✓ PIZARRAS ELECTRÓNICAS
- ✓ COMPUTADORAS
- ✓ ¡Y MUCHO MÁS!

Published by Smartbook Media Inc.
350 5th Avenue, 59th Floor
New York, NY 10118
Website: www.openlightbox.com

Spanish Project Coordinator Sara Cucini
Spanish Editor Translation Services LLC
English Project Coordinator John Willis
Designer Terry Paulhus

Library of Congress Control Number: 2018962633

ISBN 978-1-5105-4328-7 (hardcover)
ISBN 978-1-5105-4329-4 (multi-user eBook)

Printed in Guangzhou, China
1 2 3 4 5 6 7 8 9 0 24 23 22 21 20

012020
112019

Photo Credits
Every reasonable effort has been made to trace ownership and to obtain permission to reprint copyright material. The publisher would be pleased to have any errors or omissions brought to its attention so that they may be corrected in subsequent printings.

The publisher acknowledges Getty Images, iStock, and Wikimedia as its primary image suppliers for this title.